KB207228

가을장미

| 다름시선 006 |

가을장미

손예랑 시조집

다름북스

시심詩心

주부였던 내 항로가
너를 알고 변경됐다

낯설게 발칙하게
화두를 던지는 너

식칼에
뾰족한 펜까지
위험스런 여자로

| 차례 |

제1부 | 부엌에서

제2부 | 식칼론

제3부 | 넝쿨장미

제4부 | 지팡이처럼

제5부 | 민낯

제1부

부엌에서

봄나물

파릇하게 돋아났다
초봄의 시어들이

온종일 쪼그려 앉아
한 바구니 캐어다가

심상이
살아 있도록
한소끔 만 데쳐낸다

주제가 배어들게
슴슴하니 간 맞추고

고소한 운율로
조물조물 무쳐서는

식탁에
봄 시 한 접시
소담스레 올리리

달걀 후라이

바쁜 아침 식탁 위에
떠오르는 보름달

풋나물 접시 위에
달빛이 찬란하다

구겨진
주부 자존심
지키면서 달래주네

라면

50미터* 웨이브로
멋을 낸 내 모습에

수시로 날 찾았다,
자신들의 입맛대로

정말로
찐 사랑이라
철석같이 믿었건만

결혼식 피로연에
내 자리는 없었고

꽃 치장도 하지 않은
국수가 차지했다

바르르
끓어오른다
내 그리 만만한가

* 라면 한 개의 길이는 보통 50미터

17

손맛

등 푸른 고등어의
펄떡이는 몸짓같이

바닷내음 담고 있는
싱싱한 문장들을

사색의
바다 속에서
낚아 올려 잡고파

시어詩語로 토막 쳐서
깨끗이 씻어 앉혀

매콤한 운율 담아
칼칼하게 졸인 다음

정갈한
시의 접시에
맛깔나게 담고파

김장

접시에 뉘어 있는
반포기 배추김치

맵디매운 시집살이
짜디 짠 결혼생활

곰삭은
인내의 젓갈
배어 있는 울 엄마

다시 멸치*

해풍에 건조되어
이곳에 팔려왔다

뼈째로 먹히는
두려움은 면했지만

물과 불
공포 앞에서
감지 못한 내 두 눈

똥 빼고 머리 떼고
육수로 우려내어

비릿한 감칠맛을
온전히 내어주고

짭짤한
고향 바다로
방생되는 꿈꾼다

*다시 멸치: 국물 맛을 내기 위한 멸치

설거지

냄비에 눌러 붙은
하루의 찌꺼기를

수세미 거품 내어
뽀드득 씻어낸다

물과 불
전쟁 치러낸
내 마음도 담아서

뻥튀기

봄 햇살 놀러 나온
담장 밑 파라솔로

해묵은 잡곡들을
한 됫박 들고 가면

뻥이요
힘찬 소리에
추억까지 튀긴다

짜장면

이름도 특이하고
모습도 새까매서

이방인 취급할까
부르면 번개처럼

달렸다
철가방 인생
배달의민족* 되다

* 배달의민족: 우아한형제들이 운영하는 배달 서비스 플랫폼이다

콩나물

봉다리에 넣어져서
어딘가에 도착했다

검은 두건 벗겨지고
불안한 목욕재계

앗, 뜨거!
광명의 대가인가
숨죽은 나물 된다

수박

지구를 꼭 닮아서
둥글고 무겁구나

가슴 속 마그마는
어쩌지 못하고서

한여름
농익어가는
반전매력 휴화산

카레

슬픔이 몰려올 땐 카레를 만든다
양파 옷 벗기면서 매운 향 핑계 대고
깊숙이
눌러놓았던
눈물샘을 터뜨리게

슬픔의 속껍질을 한 꺼풀씩 벗겨봐도
욕심의 옷 입고서 숨바꼭질하기에
양심의
냄비 속에서
달큰하게 볶는다

직선과 곡선

식탁 위의 갈치구이
군침 도는 그 자태에

직선의 젓가락질
폭격이 난무하네

느릿한
아버지의 젓가락
배려 담긴 곡선 비행

냉장고

하루에도 수십 번씩
네 가슴 열어젖혀

내 허기 만족시킬
무언가 찾아낸다

냉동실
검은 봉지 속
얼어붙은 사랑마저

제2부

식칼론

판화

찔리고 패이면서
고랑 이룬 너의 상처

그 아픔에 귀 기울여
온몸으로 껴안으면

내 마음
똑 닮은 영혼
무늬 되어 스민다

빨래비누

타인의 아픔만이
유일한 목적이다

눈 따갑게 주물러서
빼어내는 검은 편견

아프다
닳아가는 너
닳아가는 내 몸도

두루마리 휴지

한 칸은 십일 센티
한 롤은 삼십 미터*

한 칸은 부족한지
몇 칸씩 뜯어갔지

술 술 술
풀리던 인생
종점이래, 어느새

*화장지 한 칸은 대략 십일 센티미터, 한 롤은 삼십 미터

식칼론

차가운 내 첫인상
날카로운 성질머리

상처 줄까 외면했다
다가오는 사람들을

괜찮아
까칠한 그대로
날 선택한 그 사람

하루에도 몇 번씩
내 손목 잡아주니

시키는 일 험악해서
두렵고 싫었지만

그 안목
굳게 믿으며
궂은일도 마다않네

연필

육각형의 길쭉한 몸
손가락에 쏙 잡히네

내 우주 만든 만큼
작아지는 그대의 키

흑심도
지울 수 있는
너그러운 마음까지

달력

약속의 기호들이
빼곡한 탁상 달력

미래가 현재되고
또 과거로 달려간다

인생의
희로애락이
흘러가는 기록판

고무신

요양원 시어머니
신발이 필요 없네

침대에 누운 세월
십여 년 되어가니

신발장
하얀 조각배
주인 없이 삭는다

면도기

매일 아침 하루의 키 말끔히 밀어낸다
거품 묻은 각진 턱에 내 몸을 밀착하고
몰랐다
나의 개운함이
타인에겐 절망임을

내 존재 자체만도 가해자가 된다는 것
이런 삶 의문 없이 운명이라 순응했다
무지한
악의 평범성*
뼈아프게 떠올린다

피해자의 도전에도 언제나 나의 완승
그럼에도 사죄 한다 내 착함도 악함 되니
내 칼날
무뎌질 때까지
마음의 손 모은다

*악의 평범성: 정치철학자 한나 아렌트가 1963년《예루살렘의 아
이히만》에서 제시한 개념

선풍기

긴 목을 쭉 빼고서
이 날만 기다렸다

심장의 뜨거운 피
지그시 누르고서

부드런 손길이 되어
네 얼굴에 닿을 날

날개가 있지마는
날지는 못하고서

시시포스 형벌처럼
쉼 없는 날갯짓만

바람이 되어서라도
그대 곁에 가고파

장화

어두운 구석에서
목 빼고 기다렸다

한 몸에 조명 받고
런웨이 걸을 날만

마침내
내가 본 세상
하늘이 울 때뿐

빗물과 흙탕물 속
나만의 워킹으로

화려한 독무대를
아쉽게 뒤로 하고

또다시
기약이 없는
기다림의 자리로

베개

침대에 드러누워
당신만 기다린다

어둠이 내릴 때야
손님처럼 찾아와선

네게만
하루의 무게
거짓 없이 보인다

원하는 건 오직 단잠
밀어도 없지마는

내 품에 당신 두 뺨
포근히 안았기에

아침엔
떠날지라도
이 밤으로 족하다

냄비 받침

그 누가 내 고통을
당신만큼 받아줄까

불에 댄 내 상처를
내색 않고 함께 하네

그 사랑
세상을 구원하리
한 사람이 우주이니

고무장갑

보드란 그녀 손길
닿기만 기다렸다

뒷감당 어려워도
각오했다, 이 악물며

사랑은
온 몸 젖어도
함께 하는 것이니

안경

언제나 네 시선은
밖으로만 향했었지

한 번도 내 마음은
안중에도 없었는지

콧등에
걸터앉아서
귓등으로 들었지

제3부

넝쿨장미

봉숭아 꽃물

몸과 맘 모두 갈아
너에게 다 주었다

동여매인 우리 둘은
한 몸 되어 누웠지

어젯밤
사랑을 공증한
인주빛깔 손도장

분수

따가운 햇볕 속에
수직으로 솟구친다

시시포스 운명 같은
삶의 사슬 끊어내듯

가슴속
욕망의 마그마
뿜어내고 싶어서

해방은 잠시뿐
절정에서 나락으로

교만의 물방울들
포물선을 그린다

분수分數를
지키지 못한
내 청춘의 자화상

한가위

송편 같던 반달이
녹두전 닮아 가면

연어가 회귀하듯
고향 길은 개미 줄

고소한
보름달 생각
피곤함도 잊고서

단풍

누구를 짝사랑해
두 뺨이 붉어졌나

그 누굴 그리워해
얼굴이 노래졌나

한 마디
말도 못하고
불 타버린 마음아

홍시

아직도 밤은 먼데
파아란 하늘 아래

주홍색 등불 켜든
앙상한 감나무는

만추晩秋를
이고 서 있는
고향집 울 할머니

할미꽃

봄 들녘 쪼그리고
나물 캐는 할머니

나지막한 할미꽃과
어찌 그리 닮았을까

굽은 등
희끗한 머리
내리사랑 몸짓까지

넝쿨장미

담장 위 넝쿨장미
독창은 수줍었나

우아한 매무새와
향기로 합창하니

길 가던
마을 사람들
콧노래가 절로 나네

폭포

시원始原을 떠나왔다
이유를 모른 채로

가다보니 절벽이다
두려움에 눈을 감고

날린다
온 몸 허공에
그 순간이 바로 나

낚시

붕어와 강태공의
비릿한 눈치싸움

잡느냐 잡히느냐
미끼와 헛 입질로

적요 속
월척의 손맛
팽팽하게 펄떡인다

분꽃

낮과 밤 바뀌어서
살아가는 운명이다

달과 별 쳐다보며
못다 한 말 향기 되고

어쩌나
여름 이방인
애기나팔 불고 있네

하심下心

분수도 멈춰버린
해 질 녘 호숫가에

눈길을 사로잡는
미세한 파문들은

수면 위
기적 선뵈는
소금쟁이 발자국

얼마나 가벼우면
얼마나 비워내야

물 위에 걸터앉은
꽃잎처럼 여유롭게

만추 속
비움의 기적
그려낼 수 있을까

가을장미

서리 내린 정원에서
그제야 고개 들고

남은 생 피워내며
떨고 있는 가을 장미

묻는다
자신에게도
내 사랑의 무게를

까치집

느티나무 가지 위에
삭정이 주어다가

둥지를 만드느라
고개 맞댄 까치 부부

단칸방
나의 부모님
신혼살이 날갯짓

제4부

지팡이처럼

고민

오늘은 뭘 먹지?
오늘은 뭘 쓰지?

고민이 습관으로
굳어버린 내 일상

인생이
이런 것인가
하루해가 저문다

부부싸움

신혼엔 수시로
화산이 폭발했다

마그마 화산재가
몸과 맘을 덮쳤지

그립다
휴화산 된 지금
그 열정 어디 갔나

자각

아들의 이륙 위해
활주로 된 아버지 등

딸 불평에 패어버린
도마 같은 엄마 가슴

어째서
자각自覺의 열차는
언제나 연착할까

뿌리내리기

싹이 튼 양파 하나
물컵 위에 얹어 두니

수염 같은 흰 뿌리가
컵 속에 가득 차네

우주를
빨아들이는
저 사색의 뿌리들

노견을 보내고

십여 년 함께 살던
임차인이 사라졌다

계약을 파기하고
제멋대로 가버렸다

손해는
결코 아니었지
남아도는 장사였지

노년의 잔병치레
방 빼고 싶었어도

측은한 눈망울에
할 말을 참았건만

다시는
내 마음의 빈방
임대문의 절대사절!

이율배반

시간이 선물해준
목주름과 흰머리를

스카프와 염색으로
가리고 덧칠한다

침 튀게
노년의 성숙
아름답다 말하더니

통일 중

지하철에 몸을 싣고
운 좋게 자리 앉아

시선 둘 곳 찾다가는
신발들 구경한다

팔 할은
운동화 세계
구두는 이방인

지팡이처럼

하늘 향해 손 흔들며
뭔가를 잡고 싶었다

바람은 스쳐가고
새들도 날아가고

빈손엔
푸른 세월만
하염없이 흘렀지

어느새 베어진 난
볼품없는 막대기로

모든 것 포기한 때
내 손을 잡아준 너

딛는다
당신의 발 되어
하늘 아닌 땅 위를

병장모자

군에 간 아들 녀석
휴가 때 집에 오면

벽돌 같은 계급장이
하나둘씩 쌓여가네

완성된
모자母子의 기도 탑
전역을 명 받았네

자화상

학생의 때 보내고서
부모 품 벗어났다

아내와 엄마의 때
전쟁을 치러 내고

뒤늦게
가을장미처럼
피워내는 내 눈물

품다

순간이 박제된
호박琥珀 속의 개미처럼

사진 속 얼굴에도
한 시절이 오롯하다

내 시엔
어떤 언어로
내 사랑을 품을까

세르반테스를 기리며

문학의 평원에서
내 펜은 자유롭다

영혼의 혀가 되어
당돌한 말을 타고

라만차*
풍차 속으로
뛰어드는 꿈꾼다

＊라만차: 에스파냐의 중앙에 있는 고원지대로 세르반테스가 쓴
《돈키호테》의 무대

시인의 무기

현관문 나서기 전
가방을 확인한다

핸드폰과 안경집
립스틱도 더듬으며

중한 건
이쁜 말 담기
정신 줄 부여잡기

까치밥

메마른 가지 위에
남겨 논 홍시 하나

동지섣달 매서움 속
날짐승 양식인가

따뜻한
주홍빛 심장
파란 하늘 데운다

제5부

민낯

이빨

뿌리 깊은 나무처럼
끈질길 줄 알았지

산해진미 맛보면서
영원할 줄 알았지

우지끈
뿌리째 뽑혔다
세월 앞에 장사 없군

다이아몬드 반지

필멸의 인간들이
불멸을 사모하여

결혼의 신성함이
영원하길 선물 했네

빛나던
결혼식 서약
지금도 유효한가

북촌 기행

시간을 거스른 듯 북촌마을 골목길
일상이 역사가 된 세월의 더께 위에
여행객 웃음소리가 기와지붕 덮는다

삼백 년 풍상에도 가회동 역사 품고
선비 얼 간직하며 하늘 향한 회화나무
긴 세월 내려다보며 온몸으로 말하네

숨차던 오르막길 가파른 내 여정도
제자리 잘 지키며 묵묵히 걷다보면
오롯한 내 삶의 역사 토닥일 날 오겠지

소화기

빨간 옷 차려입고
구석에 서 있었다

데이트 신청할 날
하염없이 기다리며

아뿔사
그걸 몰랐네
무소식이 희소식

스마트 폰

외로움은 싫은 게야
만남도 귀찮지만

진동으로 무음으로
치워놔도 안식 없다

무작정
너를 향하여
내 촉수는 대기 중

민낯

내 안에 모두 있다
향기와 악취마저

시와 욕이 한 입에서
나오는 이 모순을

그 한계
인정한다면
장미꽃을 피우리

손톱

톡 톡 톡 가차 없다
날카로운 금속 소리

이별의 초승달이
사방으로 튀었다

그래도
반달을 꿈꾸며
매일 밀어 올린다

기도

무조건 졸라댔다
무지한 욕심으로

달라고 떼를 썼다
독과 약도 모른 채로

때로는
최선의 응답
거절과 침묵임을!

암탉

내 몸에서 나온 자식
한 번도 못 품었다

개미처럼 벌 떼처럼
일가를 이루련만

꿈에도
보고픈 마음
저 달처럼 커가네

운명의 장난인가
철창 속에 갇혀있다

아린 가슴 그리움은
개망초 핀 언덕 넘고

하루가
달팽이처럼
창틈으로 기어간다

핫 팩

손 안에 들어가는
자그만 몸이지만

그대가 원한다면
순식간 끓어올라

태운다
단 한 번의 생애
그대 찬 손 데우며

껌

고래의 뱃속 같은
입속이 내 종착지

맷돌과 작살 같은
무기만이 가득한 곳

씹어도
내 명命 못 끊는다
돼! 마침내 자유다

내 탓

살아온 좁다란 길
뒤돌아 살펴보니

남 탓하며 여기까지
운 좋게 걸어왔다

다문다
할 말 없는 인생
그 입술을 살며시

식탁의 권력

하루에도 몇 번씩은
나를 찾는 발자국들

사랑은 아니어도
그 북적임 반갑기만

아무나
밥의 권력을
이고 살진 못하지

포클레인

공사판 떠돌면서
주먹을 휘둘렀다

외팔이 가재처럼
먹잇감 앞에 서서

한평생
인정사정없이
상대편을 제압하며

달달한 로맨스도
꿈꾸어 봤지마는

오로지 날 반긴 곳
먼지 날린 공사장뿐

내 비록
살벌한 삶이나
주장한다, 무죄를

시조時調의 생활화를 추구하는
절조絶調의 미학美學
〈 손예랑의 시조 평설 〉

구충회

시조時調의 생활화를 추구하는 절조絶調의 미학美學

〈 손예랑의 시조 평설 〉

구충회

시조시인 문학박사

1. 여는 말

손예랑 시인이 새해 새봄을 맞아 처음으로 시조집 《가을장미》를 창간한다니, 기쁜 마음으로 축하해주고 싶다.

특히, 올해는 새해 벽두부터 시조문학계에 경천동지驚天動地할만한 역사적 사건이 터졌다. 우리 전통시인 시조 11편이 지난 1월 15일 우주로 발사되었기 때문이다. 미국의 민간 우주기업 파이어 플라이(Fire Fly)의 달착륙선 블루 고스트(Blue Ghost)에 실린 이 작품들은 약 45일 뒤, 한글 데이터로는 최초로 달의 목표지점에 도착할 예정이다. 시조 역사 700여 년만의 쾌거요, 세종대왕이 훈민정음을 반포한 지 579년만의 경사다. 자유시의 그늘에 가려있던 우리 시조가 한국문학의 독립된 장르로 우뚝 서서 지구인의 조명을 받게 되었다는 점에서 뜻이 깊다 하겠다. 이제 우리 시조시인들은 시조에 대한 긍지와 자부심을 가지고 시조 창작에 몰두할 수 있게 되었으니, 참으로 다행스런 일이다.

한 가지 덧붙이고 싶은 말은 우리 시조문학계도 이제 인공지능(AI)시대를 맞게 되었다는 사실이다. 창조는 신의 영역이고, 생산은 기계의 영역이라면, 창작은 인간의 영역이다. 그런데 인간의 고유 영역에 인공지능(AI)이 합류하게 된 것이다. 시조를 더욱 다채롭고 풍부하게 만들고, 누구나 우리 시조를 즐기는, 새로운 방식의 시대가 열릴 것으로 기대된다. 이웃나라 일본의 경우, 하이쿠의 역사(526년)는 시조의 역사(700여년)보다 짧지만, 전 일본인의 하이쿠 생활화는 물론, 세계화된 지 오래다. 하이쿠가 영어로 번역되면서 영시英詩의 한 형태로 자리 잡았고, 영문학을 풍성하게 만들었다는 평가까지 나왔다. 하이쿠 작가가 1,000만 명이 넘고, 하이쿠잡지가 1,000여종에 이르며, 세계 50여 개국에서 1,000만 명 이상이 하이쿠를 즐기고 있다니, 참으로 놀라운 일이다. 이러한 시점에서 손예랑 시인의 시조집 《가을장미》를 통하여 손 시인의 작품 세계를 조명해 보고자 한다.

2. 손예랑 시인의 작품 세계

　　손예랑 시인의 시조집《가을장미》를 살펴본 결과 ①음식 관련 시조 ②사물 관련 시조 ③계절 관련 시조 ④사색 관련 시조 ⑤생활 관련 시조의 유형으로 대별할 수 있었다. 이들 작품 대부분은 시조의 생활화를 추구하는 내용들이다. 다시 말하면, 실사구시實事求是를 추구하는 '생활시조'라고 해도 과언이 아니다. 이러한 관점에서 시조의 생활화를 추구하고 있는 손예랑 시인의 '생활시조'는 우리 시조의 외연확대와 현대시조가 나아가야 할 방향을 제시했다는 점에서 매우 뜻깊은 일이 아닐 수 없다. 시조의 생활화는 시천柴川 유성규(柳聖圭, 1930.4.20~2024.2.8) 박사가 1989년에 '전민족시조생활화운동본부'와 '시조생활사'를 창립하여 계간지《시조생활時調生活》지를 발행하면서부터 본격적으로 시작되었으니, 지금으로부터 36년 전의 일이다. 유성규 시조시인은 시조의 생활화와 세계화를 위해서 일생을 바친 한국 시조문학계의 거두다.

　　시조의 생활화를 추구하고 있는 손예랑 시인의 작품이 시조 미학이란 질서 안에서 어떻게 융합하고 있는지, 그의 시조집《가을장미》을 통하여 살펴보기로 한다.

(1) 음식관련 시조

　손예랑 시인의 시적 역량이 돋보이는 부문은 단연 음식관련 시조다. 형이하학적인 시적 대상을 형이상학적으로 표출하는 시재가 탁월하고, 사물을 대하는 통찰력과 시적 감각이 뛰어나기 때문이다. 여성의 섬세한 감각과 감정으로 교직交織된 작품이다. 다음 인용된 시조들이 이를 대변하고 있다.

　접시에 뉘어 있는 반포기 배추김치
　맵디매운 시집살이 짜디 짠 결혼생활
　곰삭은 인내의 젓갈 배어 있는 울 엄마
─〈김장〉

　손예랑 시인의 시조는 주부의 생활주변 대소사를 서정의 경지로 표상화 하는데 절륜의 수준을 보인다. 한 포기도 아닌 "반포기 배추김치"다. 결혼을 했으나 부부간의 행복을 온전히 누리지 못한 반쪽 인생이기에 그렇다. "곰삭은 인내의 젓갈 배어 있는 울 엄마"란다. '맵디매운 시집살이'와 '짜디 짠 결혼생활'이 이를 대변하고 있다. '배추김치'는 바로 어머니의 자화상이다. 과거 대가족제도에서의 층층시하와 가난을 인내로 버티면서 고생하던 어머니의 처절한 삶이다. 시인은 한 가정을 꾸리고 있는 주부다. 어찌 이런 어머니에 대한 동병상련의 측은지심이 없겠는가. 과거 우리 어머니들은 인내가 마치 미덕인 양, 맵고 짠 시집살이를 감내하면서 살았다. 주부의 섬세한 감각과 감정으로 교직된 서정시다. 애련미를 느낄 수 있는 절창이다.

배추 한 포기가 김치로 입에 넣기까지는 여섯 번(뽑히고, 배 가르고, 소금에 절이고, 양념하고, 땅에 묻고, 칼로 자르고)을 죽어야 한다고 했다. 이는 바로 과거 어머니들의 일생이 아니던가. 오죽하면 어머니를 "곰삭은 인내의 젓갈이 배어 있다"고 했겠는가! 오늘날의 어머니를 생각하면 참으로 격세지감을 느끼지 않을 수 없다. 예로부터 김치는 한국인의 식단에서 빼놓을 수 없는 대표음식이다. 그러기에 김치가 2013년 '김장문화(Kimjang: Making and Sharing Kimchi)'라는 이름으로 유네스코 인류무형문화유산으로 등재된 것이 아닌가. 이는 김치를 담그고 나누는 한국의 전통적인 문화와 공동체 정신을 강조한 것이다.

파릇하게 돋아났다, 초봄의 시어들이
온종일 쪼그려 앉아 한 바구니 캐어다가

심상이 살아나도록 한소끔만 데쳐낸다

주제가 배어들게 슴슴하니 간 맞추고
고소한 운율로 조물조물 무쳐서는
식탁에 봄 시 한 접시 소담스레 올리리
　　　　　　　　　　　　—〈봄나물〉

　봄나물의 요리과정을 시조 작법과 연계시킨 이색
적인 작품이다. '평범'에서 벗어난 시인의 파격적인
시적 감각을 엿볼 수 있다. 이른 봄에 파릇하게 돋아
나는 새싹들은 시인에게는 모두가 시적 대상인 시어
詩語다. 이를 데쳐내는 작업은 심상心像을 떠올리기 위
한 과정이다. 다음은 주제를 설정하기 위한 단계다.
시의 소재인 나물에 양념을 해서 조물조물 무치듯이
주제에 적합한 내용을 가미함으로써 작품 한편이 탄
생되는 것이다. 시의 창작 과정은 개인마다 다르나,
이는 주부만이 생각할 수 있는 파격적인 발상이며, 여
성미가 돋보이는 수작이다. 보편성을 초월한 파격적
인 발상은 시인의 개성을 표출하기 위한 필수적인 요
건임을 덧붙이고 싶다.

　바쁜 아침 식탁 위에 떠오르는 보름달

풋나물 접시 위에 달빛이 찬란하다
구겨진 주부 자존심 지키면서 달래주네

—〈달걀 후라이〉

　현대인에게 아침은 매우 분주한 시간이다. 직장에 출근해야 하는 주부인 경우, 다양한 식단을 준비할 겨를이 없다. 이때 '달걀 후라이'는 아침 식탁 위에 떠오르는 보름달과 같아, 그 빛 또한 찬란하다. '달걀 후라이'는 빈약한 식단에 미안해하는 주부의 자존심을 살려주는 유일한 원군이 된다. 초장에서 "아침 식탁에 떠오르는 보름달"이라니, 얼핏 생각하면 '아침 식탁'과 '보름달'이 논리적으로 호응이 되는가에 대한 의문을 제기할 수도 있겠다. 그러나 이때 '보름달'은 '달걀 후라이'를 형상화한 상관물로, 역설적인 표현으로 이해해야 할 것이다. 아침 식탁에 보름달이 떠오른다니, 오히려 보편성을 탈피함으로써 경이감을 느낄 수 있는 역설의 미학이 아닌가. 과학이 아닌 문학이기에 가능하다. "과학은 설명할 수 있는 것을 설명하고, 문학은 설명할 수 없는 것을 설명한다"는 말을 덧붙인다.

50미터 웨이브로 멋을 낸 내 모습에
수시로 날 찾았다, 자신들의 입맛대로

정말로 찐 사랑이라 철석같이 믿었건만

결혼식 피로연에 내 자리는 없었고
꽃 치장도 하지 않은 국수가 차지했다
바르르 끓어오른다, 내 그리 만만한가

—〈라면〉

    필자는 라면의 길이가 50m인 줄을 이 시조를 통하여 처음 알았다. 라면이 "웨이브로 멋을" 냈다니, 참으로 해학미가 넘치는, 신선한 표현이다. 여성의 섬세한 감각과 경쟁 심리를 유감없이 발휘한 현대시조로 평가해도 무리가 없을 듯싶다. 결혼식 피로연에 가 보니, 한껏 멋을 낸 라면의 자리는 없고, 별 볼일 없는 국수가 버티고 앉아있으니, 속이 바르르 끓어오를 수밖에 없다. 둘째 수 종장에서 "바르르 끓어오른다"는 표현은 여성의 화난 모습을 라면의 끓는 모습과 연계시켰다는 점에서 실감을 느끼게 한다. 시인의 시적 감수성을 엿볼 수 있는 신선한 작품이다.

(2) 사물관련 시조

한마디로 하이쿠의 '기물진사寄物陳思'를 떠올리게
하는 작품들이다. 즉 '사물에서 풍기는 생각을 객관적
으로 묘사하면서도 그 속에 주관적인 정서를 담아내
는 표현방식이다. 중국 문학에서 비롯된 문학 이론이
지만, 일본 하이쿠는 물론, 한국의 한시漢詩에서도 준
용되고 있는 표현기법의 하나다. 생활 주변의 잡다한
사물 모두가 시인의 시적 대상이 되니, 시조의 생활화
와 직결되는 작품들이다. 자칫 객관사생客觀寫生에 치
우칠 우려가 있는바 시인은 이를 어떻게 극복했는지,
다음 인용 작품에서 살펴보기로 한다.

타인의 아픔만이 유일한 목적이다
눈 따갑게 주물러서 빼어내는 검은 편견
아프다, 닳아가는 너 닮아가는 내 몸도
―〈빨래비누〉

빨래비누를 의인화하여 화자와 일체감을 조성하
고 있는 작품이다. 빨래는 주부가 외면할 수 없는 지
속적인 고통이며 아픔이다. 인간 생활의 기본이 되는
가족의 의복을 시도 때도 없이 빨아내야하기 때문이

다. 시인은 의복에 묻은 때를 '검은 편견'이라 했다. 이는 비누를 사용하여 제거해야 할 오물이기에 그렇다. 시적 상관물인 '빨래비누'는 편견을 없애버리려는 시인 자신이며, 빨래는 자신의 편견을 없애려고 끊임없이 노력하는 작업이다. 색채어(검은)와 형이상학적인 명사(편견)의 공감각적인 이미지 창출이 예사롭지 않다. 빨래로 닳아가는 비누의 몸체나 빨래를 하면서 겪어야 하는 화자의 고통을 동일시하고 있다. 여성의 작품에서나 맛볼 수 있는 불편한 진실이라 안쓰럽다.

　　한 칸은 십일 센티 한 롤은 삼십 미터
　　한 칸은 부족한지 몇 칸씩 뜯어갔지
　　술 술 술 풀리던 인생 종점이래, 어느새
　　　　　　　　　　　　　　　　　—〈두루마리 휴지〉

　　여성의 섬세함과 주부의 검약생활을 '두루마리 휴지'의 속성과 대비시킨 작품이다. "한 칸은 십일 센티, 한 롤은 삼십 미터"라니, 시적 대상에 대한 시인의 치밀한 통찰력을 엿볼 수 대목이다. 공중화장실을 경험한 사람은 잘 안다. 내 것이 아니란 이유로 얼마나 많은 사람들이 두루마리 휴지를 헤프게 쓰는지를. 이 작품의 백미는 종장이다. "절약 없는 낭비는 인생의 종점이다." 독자에게 경고하는 촌철살인寸鐵殺人이다. 종장의 수사법(도치법)은 낭비의 결과를 강조하기 위한 시적 변용이다. 도치법은 문장에 변화를 주어 독자의 주의를 끌거나 감정을 극대화하는데 유용하다. 그러나 이를 반복하면, 오히려 독자의 감정을 차단하고, 창작의 도그마(dogma)에 빠질 우려가 있다는 점도 고려해야 할 것이다.

　　찔리고 패이면서 고랑 이룬 너의 상처
　　그 아픔 귀 기울여 온몸으로 껴안으면
　　내 마음 똑 닮은 영혼 무늬 되어 스민다

—〈판화〉

　　판화의 기초 자료인 새김 판版을 의인화한 감각적인 작품이다. 하나의 작품을 제작하기 위해서는 판화의 유형에 따라 다르기는 하지만, 일반적으로 여러 종류의 조각칼과 곤사, 니들 등을 사용하여 음각을 새기게 된다. 초장은 이때의 고통을 감각적으로 표현한 것이다. 중장과 종장은 판화를 제작하기 위해 온갖 정성과 심혈을 기울이는 작가정신의 표출이다. 시조 작품역시 이와 다를 바 없다. 혼신을 다해서 완성한 작품이라야 독자로 하여금 감동을 느낄 수 있기 때문이다.

이 작품이 시인에게 주는 메시지다. "시는 가장 고독한 순간에 작가 자신에게 고백하는 고해성사"라 했다. 기쁘면 마음으로 웃어야 하고, 슬프면 가슴으로 울어야 하는 것이 시인의 숙명인지도 모른다.

(3) 계절관련 시조

계절의 감각을 느낄 수 있는 서정시다. 손예랑 시인의 작품은 대체로 온기를 느낄 수 있는 '가슴의 시'라기보다는 기발한 발상이 돋보이는 '머리의 시'다. 그러나 다음의 인용된 시조는 이를 극복하고, 따스한 정감을 느낄 수 있는 작품들이다. 다음 시조를 감상해 보기로 한다.

송편 같던 반달이 녹두전 닮아 가면
연어가 회귀하듯 고향 길은 개미 줄
고소한 보름달 생각 피곤함도 잊고서
—〈한가위〉

추석 명절을 맞이하는 정경을 여성적인 감각으로 실감나게 표현한 작품이다. 초장의 "송편 같던 반달이 녹두전 닮아 가면" 이란 표현이 이를 방증하고 있지 않은가. '녹두전' 대신 '보름달'로 대신해보라. 맛을 잃은 심심한 시가 되고 만다. '송편'과 '녹두전'의 대비도 간과할 수 없는 표현기법이다. 녹두전의 모양은 둥글다. '송편'과 '녹두전'은 추석의 대표적인 음식물로 달의 모양을 형상화한 상관물이다. 중장에서 추석을 맞이하기 위해 고향을 찾는 귀성객의 모습을 직유와 은유로 시적 변용을 하고 있다. 종장은 어머니가 만든 녹두전을 맛보려는 화자의 조급함을 표현하고 있다. 불편한 교통상황을 무릅쓰고 먼 길을 달려온 피곤함도 잊을 수밖에 없다. '고소한 보름달'은 녹두전의 공감각적 표현이라 신선하다. 서정시의 전형典型이다.

  몸과 맘 모두 갈아 너에게 다 주었다
  동여매인 우리 둘은 한 몸 되어 누웠지
  어젯밤 사랑을 공증한 인주빛깔 손도장
                                —〈봉숭아 꽃물〉

  어린 시절의 추억을 아슴아슴 떠올리게 하는 서정시다. 종장을 보라. 자연 표상에 대한 착상이 기발하다. 이 작품의 시적 화자는 '시인'이 아니라, '봉숭아

꽃'이다. 초장은 꽃물을 들이기 위한 재료를 만들어 주는 과정이지만, 시인은 사랑의 본질을 말하고 싶은 거다. 순수한 사랑이란 이해관계를 떠나 '몸과 마음을 아낌없이 주는 것'이라는 메시지다. 사랑이 순수하기에 서로가 일심동체一心同體가 된 중장으로 귀결될 수밖에 없다. 종장은 초장과 중장의 결과로 나타난 '인주빛깔 손도장'이다. 여기서 '인주빛깔 손도장'은 앞으로 헤어질 수 없는 둘만의 사랑을 은유화한 표상이요, 이를 객관적으로 확인할 수 있는 '공증公證' 자료다. 인과관계로 진행된 시상의 전개가 물 흐르듯 자연스럽다. 시인의 시재詩才와 역량을 가늠할 수 있는 수작이다.

　따가운 햇볕 속에 수직으로 솟구친다
　시시포스 운명 같은 삶의 사슬 끊어내듯
　가슴속 욕망의 마그마 뿜어내고 싶어서

　해방은 잠시뿐 절정에서 나락으로
　교만의 물방울들 포물선을 그린다
　분수分數를 지키지 못한 내 청춘의 자화상
　　　　　　　　　　　　　　　　　　─〈분수〉

이 작품을 인용 작품으로 선정한 이유는 첫째수와 둘째수의 주제와 내용이 중의적重義的으로 교직交織된 작품이기 때문이다. 시인의 기발한 발상과 역량을 긍정적인 시각으로 보았기에 간과할 수가 없었다. 첫째수의 주제는 '분수噴水'지만, 둘째수의 주제는 '분수分數'이기 때문에 그렇다. 그래서 이 작품의 제목은 한자와의 병행이 불가능하므로 '분수'일 수밖에 없는 것이다. 시인은 중장에서 분수의 반복되는 행위를 '정상에 도착하면 굴러 떨어지는 돌을 다시 정상에 올려놓아야 하는 형벌' 받은 주인공, 그리스의 신화 시시포스(Sisyphos)에 비유하고 있다. 종장에서는 세차게 분출되는 분수를 '욕망의 마그마'로 은유한 점이 신선하다. 둘째 수에서는 첫째수와는 달리 욕망으로부터 해방된 절정의 마그마가 나락으로 떨어진다. 이를 시인은 피 끓던 젊은 시절 자신이었다는 점을 토로하고 있는 것이다. 욕망이 허무로 끝난 자화상을 분수로 형상화한, 사유 깊은 작품으로 평가할 수 있다. 그러나 주제의 일관성이라는 따라서는 '긍정'과 '부정'의 엇갈린 평가를 받을 수도 있는 작품이다.

(4) 사색관련 시조

시는 영감(inspiration)을 통해서 만들어낸 사색의 미학이다. 그래서 "시의 첫줄은 신神이 준다고 했다." 프랑스의 시인 폴 발레리(Paul Valéry, 1871~1945)의 말이다. 신은 영혼의 주체이며, 창작의 첫걸음은 영감을 떠올리는 일이다. 영감은 침잠과 몰입을 통해서 얻어지는 정신적 산물이다. 그래서 "저급한 시는 설명하고, 뛰어난 시는 침묵하며, 위대한 시는 영감을 준다"는 시의 에피그램(epigram)이 있다. 이러한 관점에서 다음의 인용 작품을 조명해보기로 한다.

오늘은 뭘 먹지? 오늘은 뭘 쓰지?
고민이 습관으로 굳어버린 내 일상
인생이 이런 것인가 하루해가 저문다

―〈고민〉

'약식동원藥食同源'이란 말이 있다. 음식은 약과 같은 효능을 낸다는 뜻이다. 가족의 건강을 책임져야 하는 주부의 마음은 항상 어깨를 짓누른다. 음식 준비는 단절 없이 반복되는 지속적 행위이기 때문에 매식마다 고민이 따르기 마련이다. 그래서 일식이, 이식이, 삼식이 남편에 대한 아내의 대우는 현격한 차이를 보인다. 시적 화자는 시인이기에 시도 써야 할 이중고를 겪어야 한다. 시조는 위의 인용 작품과 같이 쉽게 써야 한다. 이것이 독자에 대한 배려다. 단순하고 간결한 표현이지만, 많은 독자의 호응을 받을 수 있는 작품으로 짐작된다. 시인은 "고민이 습관으로 굳어버린" 자신의 일상을 반추하며, 인생에 대한 회의와 함께 아쉬움을 느낀다. 시인의 진솔한 표현이 무게감을 더해준다.

싹이 튼 양파 하나 물컵 위에 얹어 두니
수염 같은 흰 뿌리가 컵 속에 가득 차네
우주를 빨아들이는 저 사색의 뿌리들
—〈뿌리내리기〉

이 작품의 초장과 중장은 필연적 인과관계로 맺어진 서술적 담론이지만, 지구상에 존재하는 만물은 필연적 인관관계로 생성된 우주의 창조물이라는 점을 시인은 암시하고 있다. 이름 없는 사물이 지구에 존재하는가? 시인은 시적 대상에 대한 신비감과 경외감을 가지고 세심한 관찰을 우선해야 하는 것이다. 이 작품의 백미白眉는 종장이다. 한 개의 양파가 물 컵 위에서 내리는 잔뿌리들이 '우주를 빨아들이는 사색'으로 진단한 시인의 시재詩才가 놀랍다. 형이하학적인 시적 대상을 형이상학적으로 내면화했기 때문이다. 식물의 뿌리는 수분과 공기, 흙 같은 우주의 생성 요소에 의하여 이루어진 창조물이다. 사물을 대하는 시인의 통찰력을 발견할 수 있는 사색의 산물이다.

> 아들의 이륙 위해 활주로 된 아버지 등
> 딸 불평에 패어버린 도마 같은 엄마 가슴
> 어째서 자각自覺의 열차는 언제나 연착할까
>
> ─〈자각〉

부모란 자식에게 어떤 존재인가? 여러 관점에서 그 의미를 깊이 생각해야 할 문제임을 독자에게 시사示唆하고 있다. 특히 한국 사회에서 자식에 대한 부모의 사랑은 지나칠 정도로 각별하다. '한 인간을 세상에 내놓고, 그가 홀로 설 수 있도록 돕는 존재'가 바로 부모라고 할 수 있지만, 부모가 존재하는 한, 자식이란 영원한 지원 대상이다. 그래서 시인은 아버지 등은 아들의 독립을 위한 '활주로'이고, 엄마 가슴은 딸의 불평을 받아주다가 패어버린 '도마'와 같다고 하지 않

앉나. 자식은 이러한 부모의 헌신적이 사랑을 부모가 되어서야 뒤늦게 깨닫는다. 작품의 종장은 자식에 대한 원망의 메시지이기도 하지만, 시인 자신의 만시지탄晩時之歎, 뒤늦은 회한일 수도 있겠다. 대구법과 은유와 직유에 의한 시적 변용이 돋보인다. 시인의 내공과 역량을 가늠할 수 있는 수작이다.

(5) 생활관련 시조

시에 대한 관점과 가치기준의 측면에서 ①모방론적 관점 ②표현론적 관점 ③효용론적 관점 ④구조론적 관점 중, 손예랑 시인의 시조는 효용론적 경향이 두드러지다고 볼 수 있다. 말하자면 실사구시實事求是를 추구하는 '생활시조'라는 점이다. '시조의 생활화'란 관점에서 볼 때, 매우 뜻깊은 일이 아닐 수 없다. 700여년을 헤아리는 우리의 시조보다 짧은 역사(526년)를 가진 하이쿠가 세계적인 문학 장르로 확산되고 있는 현실을 보라. 우리 시조는 앞으로 시조의 생활화→시조의 세계화→시조의 우주화를 지향해야 한다. 이러한 면에서 볼 때, 손예랑 시인의 생활시조는 시조의 외연확대의 측면에서도 매우 뜻이 깊다 하겠다. 우리의 시조 11편이 달착륙선 '블루 고스트(Blue Ghost)'를 타고 지금도 달나라를 향하여 가고 있다. 하이쿠보다 앞섰으니, 천만 다행이다. 인용된 다음 작품을 살펴보기로 하자.

뿌리 깊은 나무처럼 끈질길 줄 알았지
산해진미 맛보면서 영원할 줄 알았지
우지끈 뿌리째 뽑혔다 세월 앞에 장사 없네
　　　　　　　　　　　　　　　　　—〈이빨〉

'이빨'을 지배소支配素로 쓴 서정시다. 사물에서 풍기는 생각을 시조로 표현했으니, 기물진사寄物陳思에 해당하는 작품이다. 외형으로 보기에 이빨은 뿌리가 깊고 단단하므로 영원할 줄 알았다. 세상에 영원무궁한 것이 어디 있는가. 나이가 들면 철석같이 믿었던 이빨은 흔들리거나 빠지고 만다. 치아는 음식물을 저작咀嚼하거나 발음보조 및 심미적 기능을 담당하는 중요기관이다. 그러기에 예로부터 치아는 오복 중 하나로 여겨왔으며, "이가 자식보다 낫다"는 속담까지 있으니 말이다. 영양공급을 통한 생명유지와 건강에 직결되는 인체기관이기 때문이다. 종장의 첫 소절 '우지끈'이란 의성어가 듣기만 해도 아프다.

필멸의 인간들이 불멸을 사모하여

결혼의 신성함이 영원하길 선물 했네

빛나던 결혼식 서약 지금도 유효한가

—〈다이아몬드 반지〉

'다이아몬드 반지'에 대한 시인의 비판적인 안목을 엿볼 수 있는 작품이다. 다이아몬드는 보석 중 가장 단단한 성질을 가지고 있기에 '영원한 사랑'을 상징한다는 뜻이 있다. 홀로서기가 힘든 약지 손가락에 '둥근 모양'의 반지를 서로 끼워주면서 혼자가 아닌 동반자로서 함께할 것을 약속하는 상징물이다. 그러나 생자필멸生者必滅이요, 회자정리會者定離다. 어찌 필멸의 인간이 영원하기를 바라는가. 모두가 부질없는 것이다. 그렇다면, '결혼식 서약도 과연 다이아몬드 반지처럼 영원무궁한 것인가'에 대한 문제점을 화자는 제기하고 있는 것이다. 시인의 거시적인 안목과 깊은 사유를 발견할 수 있는 작품이다.

시간을 거스른 듯 북촌마을 골목길

일상이 역사가 된 세월의 더께 위에

여행객 웃음소리가 기와지붕 덮는다

삼백 년 풍상에도 가회동 역사 품고
선비 얼 간직하며 하늘 향한 회화나무
긴 세월 내려다보며 온몸으로 말하네

숨차던 오르막길 가파른 내 여정도
제자리 잘 지키며 묵묵히 걷다보면
오롯한 내 삶의 역사 토닥일 날 오겠지
　　　　　　　　　　　　　　　—〈북촌 기행〉

　세 수의 단시조로 구성된 연시조다. 내용면에서는
기행시조라 할 수 있겠다. 시인은 서울 종로구 가회동
에 위치한 '북촌한옥마을'을 찾은 듯하다. 특히 이곳
에 위치한 가회동嘉會洞은 조선시대 한양의 중심지였
던 경복궁과 창덕궁 사이에 있어, 왕족과 양반들의 거
주지로 고택(한옥)이 많았다. 조선 중기 이후에는 사대
부들의 고급 주거지로 자리 잡았기 때문에 문화재급
한옥과 함께 갤러리, 전통 찻집 등이 많아 서울의 대
표적인 전통 문화공간으로 현재에 이르고 있다. 기행
시조의 경우, 자칫 서사적 담론에 치우칠 우려가 있으
나 셋째 수에서 이를 극복하고 있다. 역사와 전통의
소중함을 시인 자신의 삶에서 추구하려는 자세가 돋
보인다.

3. 맺는 말

　지금까지 손예랑 시인의 시조집《가을장미》에 실린 70편의 작품을 시조 미학이란 질서 안에서 살펴보았다. 이들 작품을 내용별로 나누어보면, ①음식관련 시조 ②사물관련 시조 ③계절관련 시조 ④사색관련 시조 ⑤생활관련 시조의 유형으로 대별할 수 있었다. 손예랑 시인의 시조는 주부의 생활주변 대소사를 서정의 경지로 표상화 하는데 절륜의 수준을 보인다. 작품 모두가 시적 감각과 통찰력이 돋보이는 작품들이다. 이들 작품을 시에 대한 관점과 가치기준의 측면에서 본다면, ①모방론적 관점 ②표현론적 관점 ③효용론적 관점 ④구조론적 관점 중, 손예랑 시인의 시조는 효용론적 경향이 두드러지다고 볼 수 있다. 말하자면 실사구시實事求是를 추구하는 '생활시조'라는 점이다. 작품 대부분이 우리 생활주변에서 발견되는 시적 대상을 내면적으로 형상화한 작품들이기 때문이다. 이웃나라 일본의 경우, 700여년을 헤아리는 우리 시조보다 짧은 역사(526년)를 가진 하이쿠가 전 일본인의 하이쿠 생활화는 물론, 세계화된 지 오래다. 하이쿠의 작가만 해도 1,000만 명이 넘고, 세계 50여 개국에서 1,000만 명이상이 하이쿠를 즐기고 있다니, 참으로 놀라운 일이다. 이러한 시점에서 우리 시조의 생활화를 추구하고 있는 손예랑 시인의 '생활시조'는 국내는 물론, 시조의 외연확대와 현대시조가 나아가야 할 방향을 시사하고 있다는 점에서 매우 뜻깊은 일이 아닐 수 없다. 이상과 같은 이유에서 필자는 평설의 제목을 '시조時調의 생활화를 추구하는 절조絶調의 미학美學'이라 붙인 것이다. 시적 대상을 보는 손예랑 시인의 예리한 시적 감각과 통찰력은 앞으로 무한한 가능성을 발휘할 수 있는 시조시인이 될 것이라 믿어 의심치 않는다. 다만, 도치된 문장의 빈번한 노출과 연시조 구성의 다양화 문제를 시인의 연구과제로 남기고자 한다.

끝으로, 손예랑 시인의 첫 시조집《가을장미》상재上梓를 축하드리며, 건필을 기원한다.

전통시조의 모티프와
사물에 대한 새로운 인식
〈 손예랑의 시조세계 〉

유한근

전통시조의 모티프와 사물에 대한 새로운 인식
〈 손예랑의 시조세계 〉

유한근

문학평론가 · 전 SCAU대 교수

I.

　손예랑 시인은 시조집 《가을장미》 서문 자리에 '서시'라는 이름의 시조 《시심詩心》에서 이렇게 노래한다. "주부였던 내 항로가/너를 알고 변경됐다//낯설게 발칙하게/화두를 던지는 너"라고. 여기에서 '너'는 문학 혹은 시조일 것이다. 아니면 종장의 "식칼에/뾰족한 펜까지/위험스런 여자로"에서의 위험한 여자일 수도 있다. 시심을 가진 위험한 여자로 자신을 인식하고 폭로하는 발칙한 시인임을 손예랑 시인은 서시에서 토로한 셈이다.

　시조는 사전적 의미로 발칙해서는 안된다. 시조는 전통에 무례하게도 괘씸해서는 안 되는 우리민족의 고유한 숨이 깃들어 있는 생명과도 같은 노래이다. 그것이 곧 시조에 있어서는 외형율이고 내재율이다. 그러나 손예랑 시인은 '서시'에서 "낯설게 발칙하게/화두를 던"진다. 전통 시조의 옷을 걸치고 발칙하게 모반을 시도한다. 시조의 시어에서부터 그것이 단적으로 드러내고 있는 시조가 〈손맛〉이다. 연시조 앞수인 "등 푸른 고등어의/펄떡이는 몸짓같이//바닷내음 담고 있는/싱싱한 문장들을//사색의/바다 속에서/낚아 올려 잡고파"는 바다 생선을 "싱싱한 문장"으로 설정하여 잡아올려 뒷수에서는 그것을 토막쳐 접시에 담아내는 상황을 한 편의 시조 한 수로 형상화한다. "시어詩語로 토막 쳐서/깨끗이 씻어 앉혀//매콤한 운율 담아/칼칼하게 졸인 다음//정갈한/시의 접시에/맛깔나게 담고파"(〈손맛〉 전문)가 그것이다. 생선토막 내기를 시조 모티프로 삼고 있는 것부터가 발칙하기도 하지만, 그것을 시쓰기에 비유하는 것도 낯설고 무례하지만 신선함을 숨길 수는 없을 것이다.

현대시조는 우리 민족의 고유한 문학양식이다. 서구의 문학연구가들에게 우리가 떳떳할 수 있는 것은 시조라는 고유한 우리 민족의 문학양식 때문이다, 그럼에도 불구하고 많이 개선되었지만 아직도 현대시조에 대한 문제점으로 지적되고 있는 것은 산 좋고 물 좋고 식의 자연친화상상력에 시조의 발상법을 의존했기 때문일 것이다. 그러나 최근에 이르러 이 점은 많이 지양되었지만 아직도 시조의 현대화는 갈 길이 멀다.

이 시조집의 표제시조인 〈가을장미〉와 〈안경〉은 시적 대상인 사물을 인식하는 과정을 보여주고 있는 손예랑 시인의 시조창작법을 엿보게 하는 작품으로 우선 주목되는 시도이다. 창작적 대상을 접근해나가는 창작법은 시와 마찬가지로 사물의 자기화와 자기의 사물화는 거리론에 따라 다른 양상을 보여주지만 손예랑의 경우는 또 다른 양상을 보여준다. 예컨대 시조 〈안경〉의 경우는 사물의 의인화를 통해 사물의 자기화로 대상과의 거리를 좁힌다.

언제나 네 시선은
밖으로만 향했었지

한 번도 내 마음은
안중에도 없었는지

콧등에
걸터앉아서
귓등으로 들었지

-〈안경〉 전문

위 시조 〈안경〉에서 '내'는 시적 자아인 시인 자신이다, "내 마음"은 시인의 마음이기도 하지만 다른 시각으로 보면 '눈'이기도 하다. 그리고 '네'는 안경이다. 눈 밖으로만 향한 안경. 콧등에 걸터 앉아 있으면서도 "귀등으로 들었지"라는 언어트릭은 일찍이 시조에서는 볼 수 없는 시의 아이러니적 표현구조로 특히 주목되는 부분이다,

그러나 표제시조 〈가을장미〉가 주목되는 부분은 문학적 대상을 정면으로 바라보고 그 대상을 인식하려는 정공법을 쓰고 있다는 점이다.

서리 내린 정원에서
그제야 고개 들고

남은 생 피워내며
떨고 있는 가을 장미

묻는다
자신에게도
내 사랑의 무게를

-〈가을장미〉 전문

사계절 중의 가을은 인생의 중년을 표상하기도 한다. '가을장미'는 한 여름에 피는 장미가 아니라 철 지나 핀 장미로 중년여인인 시인 자신을 의미할 수도 있다. 그렇지 않더라도, 이 시조에서의 가을장미는 "남은 생 피워내며/떨고 있"지만 "자신에게도/내 사랑의 무게를" 묻는 삶의 원숙함과 사랑을 아는 중후감을 지닌 존재이다. 여름장미가 시조 〈넝쿨장미〉에서 보여주는 "담장 위 넝쿨장미/독창은 수줍었나//우아한 매무새와/향기로 합창하니//길 가던/마을 사람들/콧노래가 절로 나네"(〈넝쿨장미〉 전문) 하는 것처럼 황홀하고 찬란하지는 않지만 사랑의 본체를 이해하는 존재일 것이다.

Ⅱ.

　손예랑 시조 중에서 주목되는 제목은 '카레' '식칼론' '다시 멸치' 등 시 제목과 변별성을 느끼지 못하는 시조들이다. 특히 시조 〈카레〉의 경우에는 시조의 정형율인 자수율을 유지하고는 있지만 그 내재율은 제목이나 이 시조의 모티프가 그러하듯이 자유스럽다.

　슬픔이 몰려올 땐 카레를 만든다

양파 옷 벗기면서 매운 향 핑계 대고
깊숙이
눌러놓았던
눈물샘을 터뜨리게

슬픔의 속껍질을 한 꺼풀씩 벗겨봐도
욕심의 옷 입고서 숨바꼭질하기에
양심의
냄비 속에서
달큰하게 볶는다

-〈카레〉 전문

시적 자아는 연시조 〈카레〉의 2수중 첫 초장에서 "슬픔이 몰려올 땐 카레를 만든다"고 토로한다. 그리고 중, 종장에서 "양파 옷 벗기면서/매운 향 핑계 대고//깊숙이/눌러놓았던/눈물샘을 터뜨리게"라고 눈물 흘리며 양파까기를 보여주며, 둘째 수에서는 카레를 만들기 위해 깐 양파 볶는 상황을 보여준다. 그리고 그 의미를 "슬픔의/속껍질을//한 꺼풀씩/벗겨봐도//욕심의 옷 입고서/숨바꼭질하기에//양심의/냄비 속에서/달큰하게 볶는다"고 표현하고 있다. 다분히 교시적인 삶의 지혜 한자락을 보여준다.

〈식칼론〉은 창작적 대상인 식칼을 시적 자아로 하여 화자로서의 자신 역할을 노래한다. 성질머리는 차갑고 날카롭지만 나를 선택한 사람을 위해서는 시키는 일이 험악해도 궂은일도 마다하지 않는다는 식칼의 임무를 말한다. 식칼론의 '론論'은 말하다 진술하다는 의미만 있는 것이 아니라 '여쭈다', '이치를 헤아리다', '사리를 밝히다'는 의미가 있다. 그렇다고 할 때, 낯선 시조의 제목인 '식칼론'은 식칼이라는 사물에 대한 인식을 노래한 것으로 이해하면 될 것이다.

차가운 내 첫인상
날카로운 성질머리

상처 줄까 외면했다
다가오는 사람들을

괜찮아
까칠한 그대로
날 선택한 그 사람

하루에도 몇 번씩
내 손목 잡아주니

시키는 일 험악해서
두렵고 싫었지만

그 안목
굳게 믿으며
궂은일도 마다않네

-〈식칼론〉 전문

　이 시조가 전통적인 율격을 지키되 그 운용을 자연스럽게 한 것은, 어쩌면 시인이 지니고 있는 세계관 즉 자유로운 문학관 때문일 것이다. 전통을 계승하되 그것으로부터 일탈하여 새로운 영역을 시도하려는 창작 정신 때문일 것으로 보인다. 시조의 모티프를 부엌이나 주방의 일로 하지 않고 도전해보려는 속셈 때문일 것이라는 판단이 그것이다.

　필자는 시조의 율격 혹은 운율이 외형율인 자수율과 음보율에서만 나오는 것이 아니라는 생각을 오랜 전부터 가져 왔다. 한시에서 불문율처럼 지켜온 비잠동치飛潛動植 의 시학(여기에서 심을 식植는 치置로서도 읽고 같은 의미로 사용한다) 은 의미 혹의 이미지의 운용법으로 이는 운율과도 긴밀한 관계가 있다고 필자는 생각해왔다. 좋은 한시는 한편의 시속에 '날으는게'[飛] 있는가 하면 '잠기는 것'[潛]이 있고, '움직이는 것'[動]이 있는 가 하면, '움직이지 않는 것'[植, 置]이 있어야 한다는 시법을 고수해왔다. 여기에서 '날으는 것'[飛]은 상승 이미지이고, '잠기는 것'[潛]은 하강 이미지이고, '움직이는 것'[動]은 동적 이미지, '움직이지 않는 것'[植, 置]은 정적 이미지이다. 이 네 가지 이미지가 반복적으로 나타나 내재율을 만든다고 필자는 오래전부터 주장해왔다.

위의 시조 〈식칼론〉을 예로 들여 설명해보면, "차가운 내 첫인상/날카로운 성질머리"은 하강 이미지인 잠潛이고, "상처 줄까 외면했다/다가오는 사람들을//괜찮아/까칠한 그대로/날 선택한 그 사람"은 상승 이미지인 비飛 이며, "하루에도 몇 번씩/내 손목 잡아주니"는 상승 이미지인 비飛이고, "시키는 일 험악해서/두렵고 싫었지"는 잠潛이고 "그 안목/굳게 믿으며/궂은일도 마다않네"는 상승이미지인 비飛이다. 그럴 때 이 시조의 이미지는 '잠潛→비飛→비飛 →잠潛→비飛' 형태로 리듬을 타게 된다. '잠潛→비飛'의 진행은 '동動'적 이미지이고, '비飛→비飛'는 정적 이미지인 '움직이지 않는 것'[植, 置]이다. 이렇게 '잠潛→비飛' 또는 '동과 치'의 반복이 내적인 운율을 만드는 것이며 이것이 시조의 생명성인 운율을 만든다.

윤율은 자수이든 음보이든 또는 내적이든 외적이
든 반복에 의해서 운율 혹은 리듬이 만들어진다. 운율
은 시인의 숨(호흡)의 반복에 의해서 만들어지는 만큼
생명성과 깊은 관계가 있음은 자명하다.

　　해풍에 건조되어
　　이곳에 팔려왔다

　　뼈째로 먹히는
　　두려움은 면했지만

　　물과 불
　　공포 앞에서
　　감지 못한 내 두 눈

　　똥 빼고 머리 떼고
　　육수로 우려내어

　　비릿한 감칠맛을
　　온전히 내어주고

　　짭짤한

고향 바다로

방생되는 꿈꾼다

                              -〈다시 멸치〉 전문

위의 예시 〈다시 멸치〉의 내재율 진행은 '잠→잠→
잠→비→비→비'이라는 도형이 만들어질 수 있다.

지속적인 하강 이미지에서 상승이미지로 변환하며
"비릿한 감칠맛을/온전히 내어주고//짭짤한/고향 바
다로/방생되는 꿈꾼다"가 그것으로 '다시 멸치'에서
'다시'라는 가치의 재생이라는 생명성을 부여받게 된
다.

Ⅲ.

손예랑 시조시인은 시인이기도 하지만 수필가이기
도 한 작가이다. 그 뿐만 아니라, 사물을 바라보는 시
각이나 문학을 이해하고 창작해나가는 작가적 태도는
다분히 비평적이다. 이러한 판단이 필자의 주관적인
인식에서 나오는 것일 수 있지만 그의 시조를 일별했
을 때 갖게 되는 판단은 앞서 살펴보았지만 전통적인
우리 민족의 시가를 계승하지만 그 안에 담고 있는 모
티프는 다분히 현대적이라는 점에서 필자는 시조비평

의 시각이 아닌 현대시의 비평관점으로 바라보고 이해하려 했다. 그 속셈에는 새로운 영역 속에 그의 시조가 안착하기를 바라기 때문일 것이다. 시조 〈자화상〉에서 보여주고 있는 시인의 마음을 읽어보자.

학생의 때 보내고서
부모 품 벗어났다

아내와 엄마의 때
전쟁을 치러 내고

뒤늦게
가을장미처럼
피워내는 내 눈물

-〈자화상〉 전문

이 시조의 행간 속에는 시인의 유년의 삶과 지금까지 자연인으로서의 삶의 서사가 숨겨져 있다. 이런 경우에는 수필이라는 산문문학을 통해서 펼쳐 보여줄 수 있겠지만 시조에서는 절제되고 비유적인 표상물로 보여주게 된다. 그 표상물이 종장의 "뒤늦게/가을장미처럼/피워내는 내 눈물"이다. 이것이 시인에게 있

어서 '시조'인 셈이다. 문학인 셈이다. 그 가을장미의
정체성을 이해하는데 도움을 주는 시도가 〈민낯〉이
다.

내 안에 모두 있다
향기와 악취마저

시와 욕이 한 입에서
나오는 이 모순을

그 한계
인정한다면
장미꽃을 피우리

-〈민낯〉 전문

'민낯'은 주체는 시인 자신이기도 하지만 시인의
내면세계의 판박이인 시조이다. 손예랑 시조시인의
민낯은 '모순'과 '한계'라고 토로한다. 내 안에 향기와
악취가 모두 있다고 진솔하게 용기있게 토로하면서,
그리고 "시와 욕이 한 입에서/나오는 이 모순//그
한계/인정"하면서도 시인은 그것을 "장미꽃을 피우"
겠다고 다짐한다. 시인이 이 시집을 '가을장미'로 이

름한 것도 이 때문일 것이다. 시인의 창작해내는 작품은, 특히 시조의 경우에는 그 작품이 곧 시인의 민낯임은 자명하다. 그래서 시를 쓰는 사람은 시가詩家라 하지 않고 철인哲人의 반열인 시인詩人으로 하는 것이 아닐까?

손예랑 시인은 위의 시조 〈민낯〉에서 자신의 시에 대한 진솔한 토로를 하면서도 시조 〈품다〉에서는 "내 시엔/어떤 언어로/내 사랑을 품을까"라며 의혹한다.

순간이 박제된
호박琥珀 속의 개미처럼

사진 속 얼굴에도
한 시절이 오롯하다

내 시엔
어떤 언어로
내 사랑을 품을까

-〈품다〉 전문

이 시조의 의미는 단순하다. 호박琥珀 속의 개미가 한 순간에 박제되어 품어 있는 것처럼, "사진 속 얼굴에도/한 시절이 오롯하"게 품어 있는 것처럼, 자신의 시에 어떤 언어로 사랑이 품어있는 가를 사유하고 있는 시조이다.

시 〈시인의 무기〉에서는 외출할 때 가방 속에 "핸드폰과 안경집/립스틱"이 있는가를 더듬으며, 시인은 항상 "중한 건/이쁜 말 담기/정신 줄 부여잡기" 하는 것이 무기임을 환기하고 있는 시조이다. 그리고 창작과정에서는 "붕어와 강태공의/비릿한 눈치싸움"과 "잡느냐 잡히느냐/미끼와 헛 입질"이라는 오랜 시간을 견디어내어 "적요 속 월척의 손맛"을 팽팽하게 맛보는 환희 때문에 문학을 하는 것이다.

그뿐만이 아니라 시인은 시조 〈지팡이처럼〉에서처럼 "하늘 향해 손 흔들며/뭔가를 잡고 싶"어한다. "바람은 스쳐가고/새들도 날아가고//빈손엔/푸른 세월만/하염없이 흘"러 보내기도 하지만, 시인은 "어느새 베어진 난/볼품없는 막대기로//모든 것 포기한 때/내 손을 잡아"주는 '너'라는 존재가 있어 "당신의 발 되어/하늘 아닌 땅 위를" "딛는다" 지팡이처럼. 여기에서의 '너'라는 존재는 시인에게는 뮤즈와 같은 시 영혼의 존재이기도 하지만 기독교 신자에게는 '하나님'일 수도 있다. 따라서 이 시에서의 '지팡이'가 표상하고 있는 것은 성경의 야곱의 사다리일 수도 있지만 땅위의 시인과 초월적인 존재와의 소통이 되게 해주는 지팡이인 것으로 보인다.

손예랑 시인은 첫시조집 《가을장미》에서 자연물에 의탁하는 전통시조의 모티프 계승과 주부라는 자연인으로 탐색할 수 있는 부엌의 도구와 사상事象, 그리고 우리 주변에 존재하면서도 그 존재성을 잃고 있는 사물에 대한 관심으로 시적 생명력을 부여하는 한편 삶이라는 기본문제를 깊은 사유로 사색하며 나름의 독창적인 시조 세계를 구축하고 있다는 점에서 주목하게 되며, 특히 현대 자유시의 내재율을 현대시조의 내적인 율격에 접맥시키려 시도하고 있다는 점에서 현대시조계에서 간과할 수 없는 존재임은 자명한 일이다.

가을장미

초판 1쇄 발행 2025년 4월 29일

지은이 손예랑
펴낸이 유보연
펴낸곳 다름북스
디자인 유연

출판신고번호 제2021-000252호
전자우편 nepduu@naver.com

ISBN 979-11-975963-6-0(03800)